캘리그라피
그리고 시작

조영주 지음

캘리그라피
그리고 시작

마음을

담은

글씨 에세이

우리함께하는
소중한일상

캘리그라피를 몰랐던 그때, 단지 [수묵]이란 말이 멋져 보여서 시작했던 취미였습니다.

돌이켜 보면 생소했던 도구인 붓과 먹으로 글씨를 쓴다는 것 자체가 좋았던 것 같습니다.

글씨의 모양과 느낌을 다양하게 바꿀 수 있다는 것이 너무나 신기하고 매력적이었어요.

원하는 대로 표현할 수 있다는 것.
나만의 글씨를 쓴다는 즐거움 그리고 글씨를 좋아하는 마음.

많은 시간들을 캘리그라피와 함께 했고
지금도 저의 글씨 생활은 현재 진행형입니다.

캘리그라피와 함께 좋은 인연들도 많이 만나고 다양한 경험들이 쌓였습니다.

처음에는 나 혼자 잘 쓰면 된다는 마음뿐이었지만 시간이 지나면서 작은 소망이 생겼어요.

더 많은 분들과 함께 공감하며 나누고 싶다는 마음.

글씨라는 큰 묶음으로 만나는 모든 분들께 저의 작은 경험들을 나누어 드리고 싶었습니다.

글씨는 꼭 잘 써야 하는 것이 아닙니다.
나만의 느낌을 담아 표현해 내는 것.
글씨를 쓴다는 것만으로도 마음까지 따뜻해지는 것.

글씨를 좋아하는, 같은 마음으로 만난 모든 분들이 즐겁고 행복하면 좋겠습니다.

이번 책에는 그동안 수업시간에 썼던 많은 체본들을 포함하여 다양한 느낌과 구성, 그리고 쉽게 따라 쓰며 연습할 수 있는 어렵지 않은 글씨들을 모아보았습니다.
저의 경험들과 글씨들이 같은 길을 걷는 많은 분들께 소중한 선물이 되기를 바랍니다.
언제나 건강하시고 행복하세요.

서하 조영주

목차

Part 2
———

선물이 될 얘기들

Part 3

선물이 될 글씨들

Part 4

연습이 될 글씨들

Part 1

선물이 될 경험들

나만의 글씨를 만들기까지

돌이켜 보면 많은 시도와 노력이 있었습니다.

글씨를 [잘 써야겠다]는 욕심도 많았습니다.

하지만 의욕만으로 되지는 않았어요.

욕심을 버리고 잘 쓰는 것보다 표현하는 것에 집중했습니다.

누구처럼, 누구 같은 글씨를 쓰겠다는 마음을 지웠습니다.

완벽하진 않아도 조금씩 생기기 시작했습니다.

나만의 글씨.

여전히 진행형이지만.

누구나 할 수 있습니다.

이제부터 만들어 보아요.

나만의 글씨.

글씨가 늘었다고 생각한 순간

글씨를 잘 쓰는 분들이 너무 많았습니다.

그만큼 너무나도 잘 쓰고 싶었습니다.

따라서 써보기도 했지만 마음에 들지 않았어요.

그 사람의 감정, 생각, 구성, 필력…

모든 것들을 카피할 수는 없었어요.

글씨에 대한 이해가 없었다는 생각이 들었습니다.

어떻게 되든 스스로 표현해 보자고 생각했어요.

서툴렀던 모든 것들이 점점 균형이 맞춰지기 시작했습니다.

자신감도 조금씩 생겼어요.

그 순간순간에는 글씨가 늘고 있다는 생각이 전혀 들지 않았습니다.

여전히 글씨를 쓰고 있던 어느 날 문득

글씨가 늘었다고 생각한 순간이 찾아왔어요.

모두에게 조금씩 천천히 다가가고 있을 거예요.

글씨가 늘었다고 생각되는 그 순간이.

봄이 오고 있네요

평생 가지고 있던,
나도 몰랐던 글씨 쓰는 습관

오랜 시간 캘리그라피를 쓰고 있으면서도

어떻게 글씨를 쓰고 있는지를 몰랐습니다.

습관에 의해서 쓰고 있다는 것을 알게 되었을 때

놀랐던 기억이 있습니다.

그리고 알게 되었습니다.

나의 글씨 습관을 알고 다르게 써봐야겠다는 걸.

가지고 있던 습관이 한 번에 버려지진 않습니다.

나의 습관이 무엇인지 알고 그것과 다르게 해보는 것.

그렇게 변화를 주게 되면

점차 다양한 느낌의 글씨들을 표현할 수 있게 됩니다.

나만의
속도가 좋은
합니다.

다시 그 새로운 습관을 깨는
무한의 과정

지금까지 가지고 있던 습관과 다르게 글씨를 쓰다 보면

또다시 새로운 습관이 생기게 됩니다.

새로 생긴 습관대로 어느 정도 글씨를 쓰게 되면

또다시 그 습관을 깨야 하는 순간이 옵니다.

내 글씨가 항상 똑같다고 느껴질 때

다른 느낌을 표현하려 하지만 변화가 잘 느껴지지 않을 때

다시 습관을 깨고 새롭게 표현하려 해봐야 합니다.

또다시 새로운 습관을 가지게 되겠지요.

여러 습관들이 모여 글씨를 풍부하게 만들어 줍니다.

이런 과정들이 무한 반복 되는 것이 글씨 생활의 매력이 아닐까요.

한 줄 구성이에요. 가운데 중심선을 기준으로 위아래 흐름을 주며 귀엽게 써봅니다.

모든것이 좋았다

모방은 나만의 글씨를
방해하는 것일까?

글씨를 모방하는 것도 여러 연습방법들 중의 하나일 거예요.

하지만 무조건적인 모방보다는

조금이라도 분석을 하며 따라 써보는 것이 좋겠습니다.

개인차가 있을 수 있으므로

여러 가지 연습방법을 통해

나에게 가장 잘 맞는 방법을 찾아보세요.

똑같이 모방을 해보며 써보고

또 나만의 느낌과 구성으로 다시 써보세요.

방법을 바꿔가며 연습을 하다 보면

개성 있는 나만의 글씨가 분명히 생길 거예요.

[숲]을 조금 강조하여 단순한 구성을 만듭니다.
글씨에서 나무가 자라는 느낌을 주었어요.

연습의 효율을 높이자

연습량이 많을수록 글씨는 늘어나요.

하지만 나에게 맞는

조금 더 효율적인 방법을 찾아보세요.

고민 없이 보여지는 대로 따라 쓰는 것은

그 순간 글씨를 잘 쓴다는 착각을 일으키기도 해요.

힘과 속도, 글자의 간격, 구성 등 다양한 요소들을

끊임없이 고민해 보고 실험해 보세요.

단, 즐거운 마음과 함께.

💬 획과 획 사이, 속도감을 조금 주며 써봅니다. 구성 중간에 이미지를 넣어도 괜찮아요.

세상에 금손은 많고
나보다 잘 쓰는 사람은 더 많다

주변에 너무너무 많았습니다.

글씨를 잘 쓰는 금손들.

비교하며 자꾸만 작아지는 나를 발견했어요.

내 글씨가 미워지려 하는 마음이 생기던 순간,

금손들의 글씨를 부러워하지 않기로 했습니다.

마음이 가벼워졌고 그만큼 재미있어지기 시작했어요.

여유로운 마음과 함께 글씨가 늘어가고 있었습니다.

우리 모두가 금손이 될 수 있어요.

[꽃]의 [ㅊ] 받침을 변형하고 강약을 확실하게 표현하여 가지런하게 한 줄로 써봅니다.

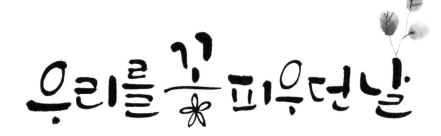

마음을 편하게 가지면서
글씨가 더 늘고 흥미도 늘었다

잠시 휴식기를 가지더라도
글씨와의 끈을 놓지 않는 것이 중요하다고 생각했습니다.
재미있고 좋아하니까.
캘리그라피는 평생의 좋은 취미가 될 수 있겠다고.
그렇게 마음의 짐이 조금씩 덜어지기 시작하면서
글씨가 더욱 재미있어졌어요.
마음이 편해진 만큼, 글씨가 더 재미있어진 만큼
나의 글씨도 쑥쑥 자라고 있었습니다.

중심선을 살짝 위쪽으로 주며 [행복]을 강조하여 귀엽게 써봅니다.

언제나 행복할것

강의를 하면서 내 글씨가 늘었다

운이 좋았습니다.

캘리그라피를 시작하고 얼마 안 됐을 무렵

글씨 수업은 처음인 병아리 강사가 되었습니다.

서툴렀지만, 열정만큼은 가득 차 있었어요.

이제 와서 되돌아보면 강의를 하던 그 순간순간들이 모여

지금의 제 글씨가 만들어졌다는 생각이 듭니다.

다양한 변화를, 구성을, 느낌을 표현하는 체본들을 써드리면서

자동으로 연습이 되었던 거였어요.

강의를 하면서 여전히 말씀드리고 있습니다.

혼자서 글씨를 연습할 때

누군가를 가르친다는 마음을 가지고 써본다면

실제로 강의를 하지 않더라도

그만큼 내 글씨가 더 연습이 되는 마법을 느낄 수 있을 거라고.

세 글자의 단순한 구성입니다. 강약 선을 충분히 활용하고 자간을 딱 붙여 써봅니다.

결코 맨땅에 헤딩은 아니었다

글씨를 쓰는 것이 힘들다고 생각한 적도 있었습니다.

취미로만 남을 줄 알았던 캘리그라피가

직업이 되었던 순간,

더 잘 쓰고 싶다고 생각하던 순간,

내 마음처럼 잘되지 않는다고 느껴졌던 모든 순간,

넓은 운동장에 외로이 혼자 서 있는 느낌이었어요.

하지만 다시 돌이켜 보면

저는 혼자였던 적이 없었습니다.

캘리그라피를 가르쳐 주신 선생님들, 같이 배웠던 동기 선생님들,

그리고 저의 수업을 함께해 주셨던 모든 분들,

여전히 저와 함께 글씨를 쓰고 계신 모든 분들.

힘들었던 순간에는 맨땅에 헤딩이었다고 생각했을지라도

지금은 그렇지 않다는 걸 알게 되었어요.

고맙습니다.

행복한 마음을 가득 담았습니다. 행복해서 춤을 추는 느낌으로 [행복]을 써봅니다.

배움에는 끝이 없다,
연습에도 끝이 없다

캘리그라피를 하면서 알게 되었습니다.

배움의 즐거움, 연습의 즐거움을.

캘리그라피와 접목시키면 재미있겠다 싶은 다른 분야들을 찾아보고

시간이 허락하는 만큼 배우기 시작했어요.

새롭게 배우는 모든 것들이 글씨 생활에 도움이 되고 있었습니다.

글씨를 쓰며 인생의 진리도 조금씩 알아간다는 생각이 듭니다.

나이가 들어가면서도 배움의 끈을 잡고 있어야지.

그리고 익숙해지도록 연습해야지.

이런 시간들이 모여서 글씨를 포함한 나의 모든 것들을

단단하게 만들어 주고 있었습니다.

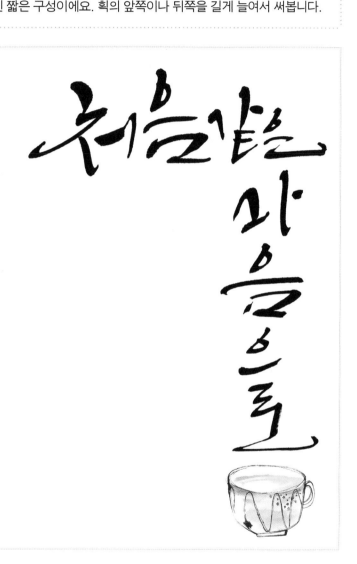

더 일찍 배울걸

시간이 지나면서 점점 드는 생각이 있었습니다.

조금만 더 일찍 캘리그라피를 배울걸.

그랬다면 지금보다 즐거움이 더 커지지 않았을까?

실력이나 모든 것들이 시간에 꼭 비례하는 것은 아니겠지만

캘리그라피와 함께하는 시간이 좋았기 때문에

그전의 시간들이 조금 아쉬웠습니다.

하지만 언제나 그렇듯이 너무 늦은 시간은 없어요.

혹시라도 글씨를 배우고 싶은데 망설이고 계신다면

지금이 가장 좋은 때가 아닐까요?

우리 같이 천천히 한 걸음씩 시작해 봅시다.

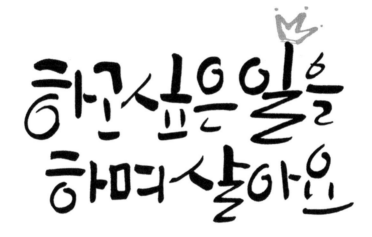

재미있으니까 계속하지

캘리그라피를 배우고, 연습하고, 쓰고, 만들고.

그냥 별다른 이유를 생각해 보지 않았던, 당연했던 시간들이었어요.

하지만 그렇게 보냈던 시간들은 무의미하지 않았습니다.

글씨가 재미있었습니다.

지금까지도 저의 글씨 생활이 현재 진행형일 수 있게 만들어 주었어요.

지내온 시간, 그 순간순간에는 몰랐습니다.

지금은 정확히 말할 수 있습니다.

너무 재미있어요.

글씨가.

한 줄 구성이에요. [ㅇ]을 작게 쓰고 상대적으로 모음을 굵게 표현합니다.

자꾸만 새로운 게 계속 나와

캘리그라피는 붓으로만 써야 한다고 생각한 적이 있었습니다.

하지만 너무나도 다양한 재료들과 방법들이 있다는 걸 알게 되었어요.

생각지도 못했던 것들까지도 모두 글씨의 재료가 되어 활용되고 있습니다.

여전히 제가 모르는 것들도 있을 거예요.

그렇기에 지금도 열심히 공부하고 새로운 것들을 접해보고 있습니다.

새롭게 시도할 수 있는 것들에 감사하며.

멈춰 있지 않고 우리 같이 앞으로 나아가면 좋겠습니다.

괜찮아

그럼에도 불구하고 클래식은 영원하다

다양한 구성들, 다양한 기법들.

캘리그라피는 무궁무진하다는 생각을 여전히 합니다.

하지만 뿌리가 단단하면 흔들림이 덜하듯이

글씨의 기본기를 잘 다지면

새롭고 다양한 재료와 기법을 활용하면서도

원하는 느낌, 원하는 방법에

더욱더 가깝게 표현할 수 있을 거예요.

화려한 꾸밈이 없어도

글씨 자체만으로도 빛날 수 있어요.

글씨가 주는 힘을 믿어보세요.

세로 모음을 평소보다 조금 더 길게 표현해요. 전체적인 균형을 맞추며 써봅니다.

같이 쓸 그룹이나
동기가 있다는 건 행복한 일이다

처음 캘리그라피를 시작할 때부터
지금까지 같은 길을 가며 기댈 수 있었습니다.
나의 소중한 동기 선생님들.
서로 같은 감정을 공유하고,
힘이 되고 의지가 되었습니다.
캘리그라피를 배우시는 모든 분들도
저와 같은 경험을 하면 좋겠습니다.
든든함을 느끼며 행복하고 즐겁게
글씨를 곁에 두시기를.

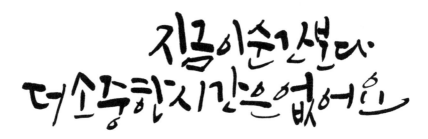

글씨를 잘 쓰려고 하지 말고
표현하는 것에 집중하자

수업시간마다 항상 하는 말이 있습니다.

글씨를 잘 쓰려고 하는 것보다

표현하는 것에 집중하면 글씨가 더 잘 써지게 될 거라고.

나의 글씨를 객관적으로 보지 못하는 경우가 많아서

나만 못 쓰는 것 같고, 다른 사람들은 다 잘 쓰는 것 같다는 생각이 듭니다.

내 글씨를 보면 단점만 부각되어 보이기 때문입니다.

글씨를 막연하게 [잘] 써야 한다는 높은 기준이 자리 잡고 있어요.

하지만 어떤 느낌으로 어떻게 표현하려 했는지를

잘 생각해 보며 글씨를 써본다면

그리고 어느 순간

표현이 잘되고 있다고 느끼게 된다면

글씨와 함께 앞으로 잘 나아가고 있는 거예요.

💬 [바람]은 강하게 불어오는 듯, 크고 힘 있게 써봅니다.
나머지 글씨들은 조금 약한 선으로 표현하며 전체의 덩어리감이 잘 유지되면 좋아요.

Part 2

선물이 될 얘기들

캘리그라피는
어떻게 배워야 하나요?

캘리그라피는 언제 어디서든 배울 수 있습니다.

온라인, 오프라인 모두 활용할 수 있어요.

주변에 잘 찾아보면 센터, 공방, 학원 등 배울 수 있는 곳들이 많습니다.

온라인도 마찬가지예요.

좋은 강의들이 많고 참고할 책들도 많이 나와 있습니다.

붓, 붓펜, 딥펜, 수채, 마커, 디지털 등 재료도 다양해졌어요.

나에게 맞는 좋은 방법을 찾아서 망설이지 말고 시작하면 좋겠습니다.

글씨라는 좋은 친구를 만나보세요.

행운이란
준비와기회의
만남이다

캘리그라피를 잘 쓰려면
어떻게 해야 하나요?

캘리그라피는 정답이 없어요.

처음부터 만족스러운 결과를 얻기는 힘이 듭니다.

아기가 걸음마를 배우고 점차 자연스럽게 걷고 뛰게 되는 것처럼

글씨도 기초부터 천천히, 차근차근 써나가시기를 바랍니다.

저 또한 그런 시간을 겪었고 많은 시행착오를 거치며

지금도 글씨를 쓰고 있어요.

글씨를 이해하고 표현하려 노력하면

점차 글씨가 잘 써진다는 느낌을 갖게 될 거예요!!

가로 모음과 세로 모음을 직각의 형태로 쓰며 세로구성을 합니다.
[잘]에 포인트를 주어 다른 글자들보다 크고 굵게 써서 완성해요.

연습은 얼마나 해야 하나요?

연습량이 많을수록 글씨 실력도 늘어나겠지요.
하지만 연습하는 시간보다도
연습의 효율을 높이는 방법이 좋다고 생각합니다.
개인차가 있기 때문에 절대적인 방법은 없어요.
나에게 맞는 연습방법이 무엇인지 알고 나서
연습하는 시간을 점차 늘려보면 어떨까요?
단, 연습은 꼭 해야만 하는 숙제가 아닙니다.
마음이 동할 때, 여유로운 마음으로 즐겁게
그렇게 연습해 보세요.

연습은 어떻게 해야 하나요?

개인의 성향이나 취향에 따라 조금씩 차이가 있을 거예요.

지금 현재 수업을 통해 캘리그라피를 배우고 계신 분들이라면

수업의 내용을 복습하면서 연습하는 방법이 제일 좋을듯합니다.

그리고 독학으로 캘리그라피를 연습하고 계신 분들이라면

무작정 누군가의 글씨를 따라 쓰는 것보다는

글씨의 느낌이나 짜임, 구성이 어떻게 이루어져 있는지에 대한 생각을 하며

따라 써보고 나만의 해석으로 다시 써보는 방법이 훨씬 도움이 될 거예요.

빨리 잘 써야겠다는 마음을 조금만 내려놓고

천천히 나만의 연습방법을 만들어 가면 좋겠어요.

💬 [꿈], [마음], [봄]에 포인트를 주어 살짝만 강하고 크게 써봅니다.

꿈을꾸는
마음으로봄을기다려

[ㄹ]을 잘 쓰려면 어떻게 해야 하나요?

돌이켜 보면 캘리그라피 초보일 때

저도 [ㄹ]에 대한 고민이 많았습니다.

선생님들, 작가님들의 [ㄹ]을 동경하고

어떻게 쓰면 그런 예쁜 [ㄹ]을 쓸 수 있는지 궁금했고,

따라 쓰며 연습을 많이 했었습니다.

시간이 지나면서 알게 된 건

글자의 공간을 이해하면 더 쉽게 느껴진다는 것이었어요.

각 획의 각도와 공간을 조금씩 변형해 가면서 연습하다 보면

근사하고 독특한, 그리고 예쁘게 보이는 나만의 [ㄹ]을 쓰게 될 거예요.

계절마다 다른 느낌의 선을 활용하며 써봅니다.

자음 모음을 따로 연습하면 도움이 되나요?

자음과 모음의 모양을 생각해 보고 써보는 것은 당연히 도움이 됩니다.

하지만 한글의 특성상 자음과 모음이 합쳐지고

받침이 있어 쌓이는 글자들이 많기 때문에

자음과 모음을 개별로 연습하기보다는

단어나 문구를 써보고

그 글자들 안에 조합되는 균형과 공간을 생각하며

다양하게 변형해 보는 것이

연습에 훨씬 많은 도움이 될 거예요.

가벼운 느낌으로 한 줄, 다섯 글자를 나열합니다.
획 끝에 먹물이 조금 맺히는 듯한 느낌을 주며 마무리해요.

어떤 문구를 써야 하나요?

막상 캘리그라피를 쓰려고 하면

어떤 문구를 써야 할지 망설여지는 순간이 있습니다.

하지만 캘리그라피에는 정답이 없다는 것.

상황에 필요하고 맞는 문구를 써보기도 하고

좋아하는 시나 노래 가사, 제목을 써보는 것도 좋습니다.

평상시에 좋은 문구가 떠오르면

메모를 해두었다가 써보는 것도 좋아요.

개인적으로 저는 붓을 딱 들었을 때

문득 떠오르는 말들을 쓰는 걸 좋아하는 편이긴 합니다.

마무리 획이 위로 날아오르는 것처럼 길게 뽑아봅니다.
강약조절을 알맞게 해보고 글자의 균형을 잘 맞추며 표현해요.

캘리그라피는 꼭 붓으로 써야 하나요?

캘리그라피를 붓으로 써야 한다는 법은 없습니다.

어떤 도구로 글씨를 쓰는지는 중요하지 않아요.

어떻게 표현을 하고 싶은지,

어떤 결과물을 얻고 싶은지에 집중을 해보는 게 좋습니다.

재료의 특성을 파악한 후에

그 재료에 익숙해지는 시간을 거쳐

만들어 내고 싶은 캘리그라피 작품을 완성시켜 보는 것이 중요합니다.

다만 붓이라는 도구로 표현할 수 있는 범위가 넓다는 것을 잊지 마세요.

서예라는 좋은 뿌리에서 자라나고 꽃을 피운 캘리그라피입니다.

단순한 한 줄 구성으로 종이의 위쪽에 글씨를 배치하고 아래쪽은 여백으로 남깁니다. 강약 선을 잘 활용하고, 직선인 듯 곡선인 듯 자연스럽고 귀엽게 표현해요.

아름답게 그렇게

왜 실력이 빨리 늘지 않는 걸까요?

개인마다 차이가 있으나

어느 정도는 연습기간과 연습량에 비례합니다.

다만 연습을 할 때 무작정 따라 쓰는 것보다는

연습의 효율을 높이는 것이 중요합니다.

어떤 형태의 글씨로 어떤 구성을 할 것인지,

어떤 느낌을 담아 표현을 할 것인지 잘 생각하며 연습을 해보세요.

조금씩 길이 보이며 감을 잡게 될 거예요.

그렇게 감이 잡히기 시작할 때

좋아하는 선생님들, 작가분들의 글씨를 참고해 보며

나만의 글씨를 만들어 간다는 느낌을 가져보면 좋겠습니다.

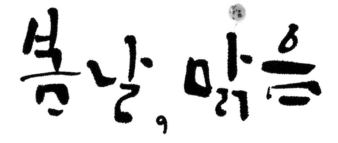

글씨가 왜 예쁘게 써지지 않나요?
– 어떻게 써야 예쁘게 쓸 수 있나요?

천천히 일정하게 쓰기만 해도 글씨가 예뻐지듯

쓰는 속도를 조금만 늦춰 보고 생각해 보세요.

획들의 공간, 간격 등 전체적인 균형을 잘 맞추는 것이 중요합니다.

또한 캘리그라피를 쓸 때에는

어떻게 표현을 할지 생각하며 쓰는 게 중요합니다.

한글의 특성을 파악하여

자음과 모음, 받침 사이의 공간 그리고 자간과 행간을 잘 생각하며

글자들의 균형을 맞춰간다면 점차 예쁜 글씨를 쓰게 될 거예요.

보고 따라 쓰는 연습만 해도 되나요?

보고 따라 쓰는 연습도 글씨를 연습하는 여러 방법들 중의 하나입니다.

하지만 아무 생각 없이 마음에 드는 글씨를 무작정 따라 쓰기만 한다면

글씨를 잘 쓰는 것 같은 착각에 빠질 수가 있습니다.

어느 날, 보고 따라 쓸 글씨가 없다면

글씨 쓰기를 시작조차 못 하는 나를 발견할 수도 있어요.

따라 쓰려는 글씨가 어떤 느낌의 획과 어떤 구성으로 표현이 되었는지

조금이라도 분석하고 생각하면서 써보고

또 나만의 느낌과 구성으로 바꾸는 연습을 같이 해본다면

연습의 효율이 훨씬 더 높아집니다.

알고있니
새로운시작은언제나
우리함께라는걸

제가 쓴 글씨는 하나도 마음에 안 들어요,
왜 그럴까요?

주변에서 캘리그라피를 많이 접할 수 있게 된 만큼

우리의 눈이 세련되어지고 높아졌다고 생각하면 쉽게 이해가 되실 거예요.

예쁘고 멋진 글씨를 보는 눈과

내가 직접 써보는 것 사이의 간격이 넓게 벌어진 것이지요.

글씨는 누구나 읽고 쓸 수 있기 때문에 쉬워 보이는 것이기도 합니다.

평소에 가지고 있던 익숙한 나의 글씨체를 벗어나서

다양한 변화를 주며 써본다면

예쁜 캘리그라피 글씨를 쓰는 실력도 늘어날 거예요.

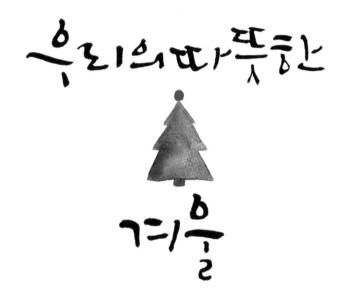

자격증은 필요한가요?

기관이나 학교 등에 강의를 나갈 목적이라면 자격증이 필요합니다.

하지만 취미를 목적으로 하는 경우에는 자격증이 필요 없겠지요.

취미의 과정이나 마무리로 자격증을 갖고 싶다면

조건에 맞는 협회를 잘 찾으셔서

자격증과정을 알아보시고 취득하시면 됩니다.

많은 협회들이 있고

각 협회의 자격증 응시 조건이 다르므로 잘 알아봐야 합니다.

붓을 확실히 눌러서 강한 선을, 조금 힘을 빼서 약한 선을 잘 표현해 봅니다.
네 글자의 단순한 나열이에요. 자간을 잘 붙여가며 살짝 힘 있게 완성합니다.

왜 선생님처럼 써지지 않는 걸까요?

특정한 글씨를 분석 없이 따라 쓰려고 하면

당연히 똑같이 쓸 수가 없습니다.

사람마다 가진 힘, 속도, 표현하려는 느낌이 다르므로

같은 글씨를 써도 조금씩 다른 결과물이 나올 수밖에 없어요.

반복되는 이야기지만

글씨에 흥미를 가지고 표현하려 노력하다 보면

제 글씨보다 더 멋진 글씨를 쓰실 수 있을 거예요.

[제 글씨를 예쁘게 봐주셔서 고맙습니다.]

가벼운 터치감으로 써봅니다. 붓 끝이 살짝 갈라져도 괜찮아요.
글자 수는 많지 않지만 [햇살]에 포인트를 주어 살짝 크게 써봅니다.

캘리그라피를 배워서
어떻게 활용해야 하나요?

캘리그라피의 활용방법은 정말 많습니다.

강의를 하고 작품활동을 하거나

상업적 용도의 작업물을 만들 수도 있습니다.

다양한 굿즈에도 적용할 수 있고,

소소하게 주변 분들에게 선물할 수도 있어요.

자간을 살짝 띄운다는 느낌으로 써봅니다. 다이어리에 글씨 쓰듯이 또박또박.

우리 함께하는
소중한 일상

선생님은 처음부터 잘 쓰지 않았나요?

개인적으로 저는 필체가 좋은 사람은 아니었습니다.

생각해 보면 글씨 쓰는 것을 좋아하긴 했지만

연습해 보려는 노력은 하지 않았어요.

우연한 기회로 만나게 된 캘리그라피를 배우고

지금까지 써오면서 조금씩 저만의 글씨가 만들어졌습니다.

잘 쓴다고 말하기보다는

글씨를 대하는 여유와 표현력이 생겼다고 말하고 싶어요.

정 반대 느낌의 획들로 대비되게 표현해 봅니다.
[따뜻해]는 굵은 선으로 묵직하고 반듯하게, 나머지는 얇은 선으로 흘려 이어지듯.

캘리그라피는 정해진 글씨체가 있나요?

정해진 글씨체가 있지는 않습니다.

유명한 작가분들의 글씨체가 있을 수는 있어요.

캘리그라피는 느낌을 담아 표현하는 글씨이므로

한 사람의 글씨가 여러 가지 느낌의 글씨로 표현될 수 있습니다.

다만 요즘에는 손글씨를 조합하여

폰트를 만들어 사용하기도 해요.

[ㅂ], [ㄹ], [ㅊ]처럼 반복되는 자음들의 모양과 각도를 각각 다르게 써봅니다.

글씨 구성은 어떻게 해야 하나요?

다양한 글씨 구성이 존재합니다.

어떤 틀에 맞추어 쓰기보다는

먼저 내가 어떤 표현을 하여 쓰고 싶은지를 고민하고

여러 구성으로 연습한 후 최종 결과물을 만들어 보세요.

처음 연습하시는 분들이라면

한 줄 구성, 두 줄 구성, 덩어리 구성 등과 같은

일반적인 구성들을 연습하며

익숙해지도록 만드는 과정도 필요합니다.

그 후에 여백까지도 고려한

멋진 구성을 가진 캘리그라피 작품을 만들어 보세요.

무지개가
시작되는곳으로부터

글씨의 강약을 어떻게 표현해야 하나요?

붓은 연필이나 펜 같은 단단한 도구와는 큰 차이점이 있어요.

붓은 털로 이루어져 있기 때문에 유연함이 있고

붓을 잡고 쓰는 방법도 일반적인 필기도구와는 다르죠.

손과 팔이 지면과 떨어진 상태로 쓰기 때문에

붓을 누르는 힘을 조절하여 선의 강약을 확실하게 표현할 수 있습니다.

글씨의 강약, 즉 필압은 붓이라는 도구의 가장 큰 장점입니다.

필압을 표현할 때 정답은 없습니다.

강약강약 번갈아 써야 한다는 법칙도 없습니다.

먼저 필압이 익숙해지기 전까지는

글자를 쓸 때 강약을 다르게 넣어가며 연습해 봐야 합니다.

강한 선과 약한 선이 어떤 획에 들어갔을 때

내 눈에 예뻐 보이고 균형이 맞는지 확인하며 연습을 하다 보면

점차 필압에 익숙해질 거예요.

서예와 캘리그라피의 차이점? 공통점?

같은 재료를 사용하고 글씨를 쓰는 작업이라는
공통점이 있습니다.
하지만 표현방법에는 조금 차이가 있어요.
서예는 세로구성을 주로 하지만
캘리그라피는 가로구성도 세로구성도 할 수 있어요.
서예가 전통적인 느낌이라면
캘리그라피는 캐주얼한 느낌일 수도 있고요.
작품의 구성, 형태감의 차이는 있겠지만
개성을 표현하여 변화를 준다는 점은 같을 수 있어요.
서예와 캘리그라피,
차이점보다는 공통점이 더 많지 않을까요?
서예에 뿌리를 두고 피어난 예쁜 꽃이 바로
캘리그라피입니다.

글씨를 정말 못 쓰는데도
캘리그라피를 할 수 있을까요?

처음 시작하려는 분들이 가장 많이 질문합니다.

캘리그라피는 글씨를 잘 써야만 시작할 수 있는 건 아니지요.

관심이 있다면 망설이지 말고 시작하세요.

차근차근 글자들의 형태를 이해하고,

지금까지 습관처럼 써졌던 글씨들을 조금씩 바꿔보고,

조금만 글씨 쓰는 속도를 늦춰보고,

글씨와 문구에 맞는 느낌을 표현하려 한다면

누구나 근사한 캘리그라피를 쓸 수 있습니다.

그리고

글씨를 좋아하는 마음이 가득하다면 더욱 좋아요.

각도감을 많이 주지 말고 글자들이 반듯하게 서 있는 듯, 한 덩어리로 써봅니다.

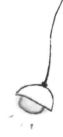

후회도
걱정도
조금덜하면
좋겠어요

캘리그라피를 배우면 뭐가 좋은가요?

글씨를 쓰며 심리적인 안정을 느낄 수 있어요.
좋은 말들을 써보면 편안한 마음이 듭니다.
또한 생각하고 표현하는 과정을 통해서
두뇌활동에도 좋은 영향을 주게 되지요.
건강한 취미생활이 되어
행복한 마음도 줄 거예요.
단, 잘 써지지 않는다고 스트레스는 받지 마세요.
글씨와 함께 즐겁고 행복하기를 바랍니다.

지금
당신의계절은
너무나도
찬란하다

Part 3

선물이 될 글씨들

선물이 될 글씨들

캘리그라피를 쓰고 연습할 때 조금이라도 참고할 수 있도록

다양한 느낌과 구성의 체본들을 담았습니다.

대부분 붓과 먹(농묵)으로, 8분의 1지(35×35cm)에 작업하였습니다.

색이나 그림, 낙관 등은 생략하였고 쉬운 글씨들만 구성했습니다.

어떤 느낌의 선으로 어떤 구성을 하였는지,

선의 강약, 공간, 획의 속도, 전체적인 글씨의 느낌 등을 한 번 더 생각해 보고

응용하여 더 멋진 글씨와 구성을 만들어 주세요.

그리고 이제 다시

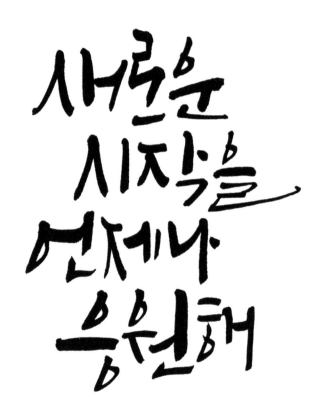

마음이 가득 차는 날
마음이 따뜻해지는 날

그런날이있어
오늘이면좋겠다

마주하는 모든 날들을
사랑할 수 있는 여유

전체 글씨를 살짝 기울기 있게 표현합니다. 글씨들을 크고 작음으로 대비되게 완성해요.

여유를
갖는것이중요합니다

작은 걸음, 조그마한 마음들이 모여
사랑으로 채워지듯

생각지도 못한 문이 열리는 순간이 있다
그 순간 어떠한 후회도 하지 않도록

노력이 쌓이는 것처럼, 글자들의 간격을 좁게 붙여 쌓아 올리듯이 써봅니다.

좋아하는 일을 하며 사는 것
내가 행복해지는 일을 하며 사는 것

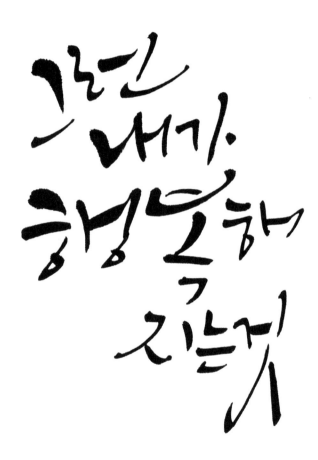

하루를 참 잘 보냈다는 마음의 위로
그 위로가 나에게 큰 힘이 될 거라는 믿음

전체의 중심을 가운데로 모아보아요.
[참]을 조금 크게, 자간과 행간의 간격을 좁게 붙여서 잘 쌓아 올려진 느낌으로 써봅니다.

우리의 마음이
반짝일 수 있다면
눈부실 수 있다면

그렇게,
가운데가는
우리의,
마음들

꿈을 꾸는 사람은 아름답다
아름다운 사람은 꿈을 꾼다
우리 함께 꾸는 꿈

우리는
아름답다

마음으로 가득 채워진 하루가 지나고
새로운 마음이 자리 잡을 내일을 기대해

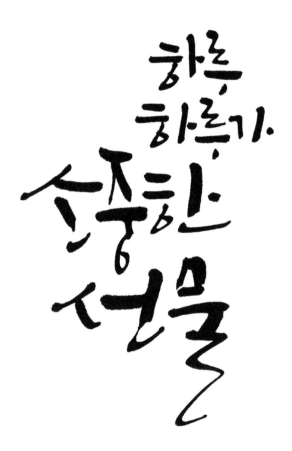

나에게 너라는 행운이 온 것처럼

너에게 나라는 행운이 온 것이기를

그대를 만나고 나의 마음도 맑아졌습니다
집으로 돌아오는 길이 참 따뜻합니다

강약을 많이 넣지 않고 글씨의 획들을 일정하지 않은 각도로 써봅니다.
종이의 오른쪽에 글씨를 쓰고 왼쪽 부분은 여백으로 남겨서 완성해요.

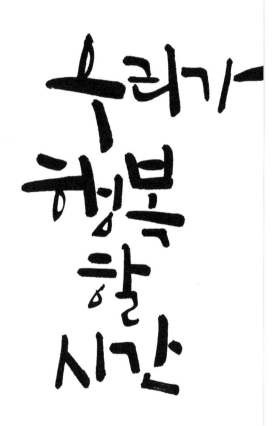

마음을 토닥이고

크게 숨을 내쉬고

한 번 더 괜찮다고 마음에게 말해봐

간단한 두 줄의 구성입니다. 강약 선을 잘 활용해 주세요.
글씨들의 각도를 조금씩 비틀어서 귀여운 느낌을 주며 나열해 봅니다.

너와 함께하는 시간은 별빛처럼 반짝이고
그 시간 속의 우리는 꽃잎처럼 예쁘다

자간과 행간을 잘 붙여 쓰면서 전체의 덩어리감을 잘 표현해 주세요.
강약을 알맞게 넣어서 글자들이 조화롭게 보이도록 써봅니다.

손끝이 닿는 대로 터지는 말의 열매들은
잘 여물고 익어서 나의 입으로 돌아온다
손끝으로 예쁜 꽃을 피워야겠다

바람이 불어도 흔들리지 않는 건
우리의 마음이 뿌리를 내려서야

마음의 씨앗에 맑은 물을 주고
푸른 바람을 만나게 해주세요
연둣빛 자그마한 싹을 틔우면
그대라는 예쁜 꽃이 피어나는
그날이 올 거예요

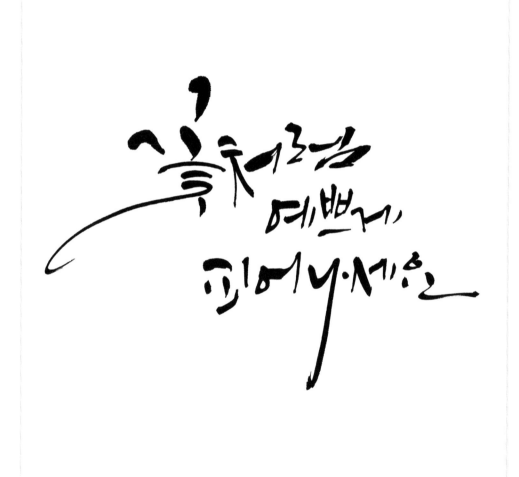

너를 닮은 꽃을 보았다
그 속에 가득 담겨 있는 너

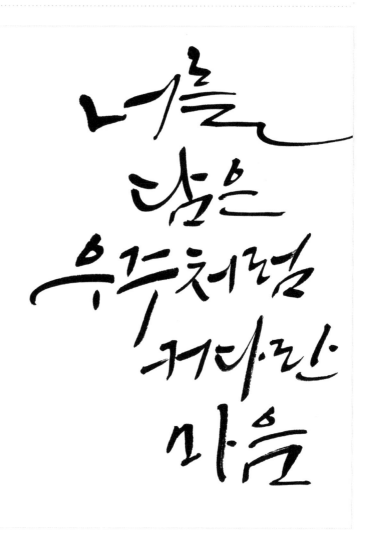

너를 바라보는 것만으로도
나의 마음은 또 한 번 숨을 쉰다

밤하늘의
별을
닮은
너의
눈

봄이 오고 꽃이 피는 자리엔
언제나 그대가 있다

[봄]과 [너]에 포인트를 줍니다. 강약을 확실하게 표현해 보세요.
세로구성처럼 보이지만 중간에 들어가는 [그리고]는 모음을 길게, 가로로 써봅니다.

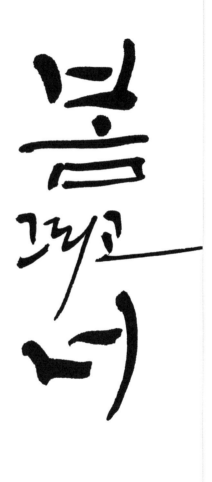

햇살 좋은 날
함께해서 더욱 좋은 날

널기다리고
있었어

마음이 무거워지지 않도록
생각이 어두워지지 않도록

[꽃]에 포인트를 주어 살짝 크게 쓰는 느낌을 줍니다.
다른 글씨들은 [꽃] 옆에 나란하게 자간을 잘 붙여가며 써서 한 줄로 완성해요.

내 손안에

내 마음 안에

스며들어 맑은 향기로 남는다

살짝 오른쪽으로 치우쳐 있는 두 줄 구성입니다. 강약은 약하게 표현했어요. 속도감에 의해서 글자획의 끝과 시작이 연결되는 가선이 자연스럽게 나오기도 합니다.

끝으로
활짝피어나요

피어나지 못한 꽃들은
하늘의 반짝이는 별이 되어
우리에게 빛을 선물해

💬 [행복]에 포인트를 주어 크게 써보고 전체적으로는 초승달 모양의 구성을 만들어요.
붓의 장점인 강약을 잘 활용하고 기울기 없이 써봅니다.

어디
세계라도
행복
하기를

눈빛으로 알 수 있고
마음으로 알 수 있다
바람결에 스치는 느낌만으로도

[그냥]과 [우리]에 포인트를 주어 살짝 크게 써봅니다.
다른 글자들은 약한 강약을 표현하며 자간을 잘 붙여서 완성하세요.

너의 마음이 예쁘게 피어난다

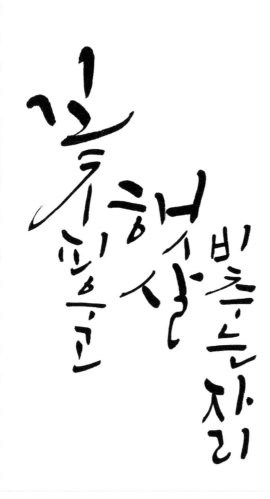

바람이 불어오는 곳으로부터
무지개가 시작되는 곳으로부터
예쁜 햇살이 비춰오는 곳으로부터

강한 선과 약한 선의 차이를 확실하게 표현하며 써봅니다.
세로구성 역시 자간을 너무 떨어뜨리면 안 돼요. 글자들이 잘 붙어 있도록 완성합니다.

감사함의 깊이만큼 멋진 꽃을 피우고

건강한 열매를 맺는다

마음으로

나눔으로

보답하는 삶을 살아야겠다

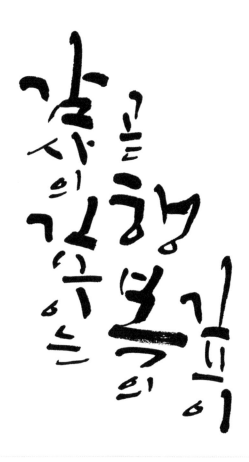

파란 하늘처럼 기분이 맑았다
하얀 구름처럼 마음이 몽글몽글해졌다

종이의 아래 여백을 남기고 윗부분에 글씨들을 나열하여 구성합니다.
강약 선을 활용할 때 강조할 획들은 확실하게 붓을 눌러주세요.

우리가
함께한 시간이
있었기에

우리가 함께하면 아주 먼 길이라도
공기처럼, 바람처럼 가벼울 것이라고

그렇게도 맑게 빛나던 순간이 있었다
반짝이고 반짝여서 눈이 부시던 순간
그 속에서 우리는 푸르렀고 희망찼다

강약 선을 충분히 활용하고 띄어쓰기를 하는 부분에서 행을 바꾸어 다섯 줄의 구성을 해봅니다. 자간을 붙이고 행간은 살짝 여유를 두어 긴 덩어리로 완성해요.

꿈을 꾸고

꿈을 노래하고

꿈을 나누고

꿈을 이루고

꿈을 채우고

💬 단순한 두 줄 구성입니다. 자연스러운 흐름을 주며 리듬감 있게 써봅니다. 첫 줄 [내]의 길어진 [ㅐ] 모음에 맞추어 둘째 줄의 시작 위치를 알맞게 정해요.

그런 내가

꿈이 되고

마음을 다하면
다시 채워지는 마법 같은 일들은
언제나 나를 기다린다

별을 닮은 꽃

그 꽃을 닮은 별

서로의 마음을 담고 담아

그렇게 닮아가고 있었다

우리서로
사랑했던

들려오는 빗소리를 함께 듣는다
까맣게 익어가는 여름밤도
벌써 우리 곁에 와 있었다

시간의 끝자락에 조그마한 마음이 새싹을 틔우고
모두가 한마음으로 꽃을 꿈꾸고 있었어

우리의
꿈이
피어나는
순간

손끝에서 피워내는 꽃은
마음을 빛나게 만들어

오른쪽으로 치우친 구성입니다. 자간과 행간을 잘 맞춰주세요.
[빛]의 [ㅊ]처럼 길어진 획에 영향을 받으면 행간의 어느 부분은 넓어질 수도 있답니다.

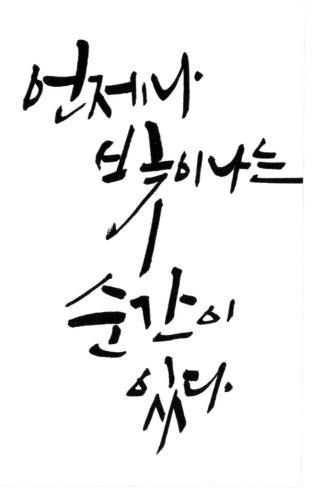

시작이 두려운 내 마음은

창밖에서 흔들리고 흔들리는

아주 자그마한 나뭇잎을 닮았다

그럼에도
불구하고
앞으로
나아가
봅니다

우리가 함께 있으면
그 오랜 시간도
차가운 바람도
버려낼 수 있으니까

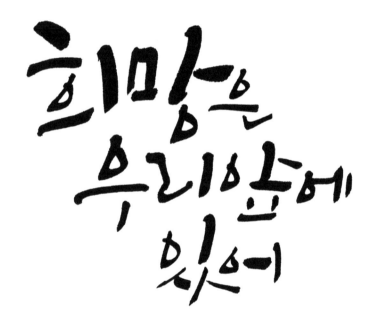

좋은 마음과 좋은 생각들이 가득하기를
우리가 함께하는 시간들이 따뜻하기를
소중한 이 순간들이 오래 기억되기를

오늘도 우리
행복하면
좋겠습니다

꽃을 닮은 사람은
하늘과 바람과 비를 닮았다
뿌리를 내리고
여린 몸으로 아름답게 서 있다
우리도 그렇게
꽃을 닮아가는 시간 속에 있다

꽃을 닮은 사람

꽃그늘 아래 따뜻하게 피워낸 우리의 마음이

눈이 부시도록 아름다웠다

가볍고 달콤한 마음이 꽃가루처럼 날아와
무거운 머릿속을
살랑거리는 봄으로 만들어 준 너에게
내가 좋아하는 여름도
선물해 줄 시간이 곧 올 거야

좋을 것도 좋지 않을 것도 없었다
비워내는 시간이라고 생각하면
그만큼 내 마음이 익어가는 중일 테니

아무것도
아닌시간은
없다

여유 없이 지나가는 시간들은
너무나도 아쉽고 그립다

붓을 평소보다 더 눌러서 힘 있는 획으로 글씨들을 완성합니다.

감정의 끝과 끝이 마주치고 있었고
그 순간순간 내 마음도 울렁거렸다

끊어지지 않는 생각의 고리들이
내 마음을 놓아주지 않는 밤

모든 선택이 옳았다는 걸
우리의 선택이 맞았다는 걸

잊는다는 것
잊어버린다는 것
잊힌다는 것

잊지 말아야 하는 것
잊어버리지 말아야 하는 것
잊히지 말아야 하는 것

하나의 덩어리 구성이 아닌, 종이의 전체 여백을 잘 활용하는 구성이에요.
[사랑]을 여러 가지 모양으로 변형하며 위쪽에 써보고 아래쪽에는 중심문구를 써봅니다.

사랑 사랑 사랑 사랑 사랑 사랑
사랑 사랑 사랑 사랑
사랑 사랑

내 사랑이여
일어나소서

내 마음이 더 잘 보일 수 있게
마음속에 작은 길을 내어
예쁜 불빛을 하나 달아봅니다

확실한 강약을 넣어서 글씨를 씁니다. 붓을 누르고, 덜 누르며 써지는 느낌을 기억해요. 뻗어 나갈 수 있는 공간을 허락하는 획들은 길게 늘여서 멋을 내어봅니다.

또 하나의 문을 열고
또 하나의 산을 넘으며
서로의 속도를
맞춰봅니다

처음같은마음
언제나간직하세요
잊지않으면
정말족겠습니다
기억하세요

좋은 것들을 함께 하고 싶은 사람들
내가 정말 많이 사랑하는 사람들
옆에 있다는 것만으로도 힘이 되는 사람들

고맙습니다
가족이라는
이름으로
있어줘서

마음과 눈빛이 마주하는 그 시간이

영원하도록

가로구성과 세로구성을 섞어서 완성해 봅니다. 강약 선도 잘 활용해요.
어떻게 글자들을 나열하면 가독성이 좋은 구성이 될지 잘 생각해 보며 완성합니다.

마음이 파도를 탄다면
잔잔한 물결이었으면 좋겠다

💬 [ㅇ]에 조금씩 다양한 변화를 주며 강약 선도 적절히 활용하여 써봅니다.
가로와 세로가 섞인 단순한 구성이에요.

우리의
일상은
역전
히
아름답다

나의 손끝에서 그려지고 채워지는 글자들은
우리를 위한 마음에서 시작된 건 아닐까

선물 같은 시간으로 가득했던 하루가
끝을 향해 달리고 있었다

붓을 잘 눌러서 두꺼운 선으로 글씨를 써봅니다.
자간과 행간이 거의 붙을 듯 가까이 써서 확실한 덩어리를 만들어요.

다가올 모든 시간과 모든 순간에도 우리는
함께 반짝이고 있겠다

수많은
계절을
지나

그렇게 우리는 같은 미래를 꿈꾸고
또 같은 방향으로 나아가는 중입니다

종이의 가장 윗부분부터 채워나가며 써보는 세로구성입니다.
아랫부분은 자연스럽게 여백으로 남겨주세요. 강약을 잘 활용합니다.

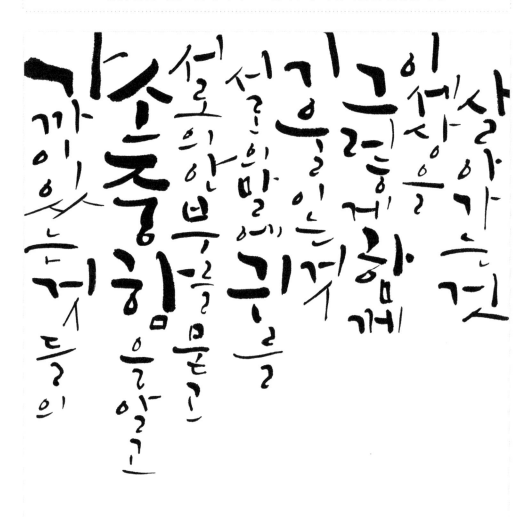

포근하고 따스한 바람이
어느새 우리의 마음에도 닿았다

겨울이가면
봄이오듯이
여름이가면
가을이옵니다
언제나그랬듯
당신이
행복하기를
바래요

눈을 감아도 보이는 것들이 있는 것처럼
내 마음이 나를 위해 꿈을 속삭여 주었다

하루의 끝을 꽃피우며
내일을 꿈꾸고
기대해 보자

강약 선을 활용하긴 했지만 전체적으로는 얇은 선들의 느낌을 줍니다. 글씨들을 살짝 비튼다는 느낌으로 각도감을 조금씩 주며 완성해요.

그랬으면 좋겠다

Part 4

연습이 될 글씨들

연습이 될 글씨들

한 가지 문구를 여러 느낌의 글씨로 담아보았습니다.

글씨 선의 표현을 조금씩 다르게 써보며 다양하게 연습해 보세요.

역시 붓과 먹(농묵)으로, 8분의 1지(35×35cm)에 작업하였고,

그림이나 채색, 낙관 없이 어렵지 않은 글씨로만 구성했습니다.

붓으로 연습할 때에는 종이와 글씨의 크기를 잘 생각하며

연습지에 써보면 좋습니다.

붓펜으로 연습할 때에는 각자 쓰기 편한 글씨 크기로 써봅니다.

더 다양한 느낌의 글씨로 멋진 구성을 해주세요.

봄 그리고 꽃바람

봄 그리고 꽃바람

울 그리고 꼭 바람

▼ 체본들을 참고하여 한 가지 문구 글씨의
다양한 변화를 생각해 보며 연습해 보세요.

오늘의 긍정
내일은 행복

오늘의 긍정
내일은 행복

오늘의 긍정 내일의 행복

▼ 체본들을 참고하여 한 가지 문구 글씨의
다양한 변화를 생각해 보며 연습해 보세요.

흔들리지
않을게야

흔들리지않을게야

흔들리지
않을거야

언제나
그대곁에
있을
게인

언제나
그대곁에
있을게인

언제나
그대
곁에
있을게요

▼ 체본들을 참고하여 한 가지 문구 글씨의
다양한 변화를 생각해 보며 연습해 보세요.

안녕하세요

안녕하세요

안녕하세요

▼ 체본들을 참고하여 한 가지 문구 글씨의
다양한 변화를 생각해 보며 연습해 보세요.

행복은
언제나
그대곁에
있다

행복은
언제나 그대곁에
있다

행복은
언제나
그대곁에
있다

▼ 체본들을 참고하여 한 가지 문구 글씨의
다양한 변화를 생각해 보며 연습해 보세요.

▼ 체본들을 참고하여 한 가지 문구 글씨의
다양한 변화를 생각해 보며 연습해 보세요.

연초록의
아름다운
세상

연초록의
아름다운세상

▼ 제본들을 참고하여 한 가지 문구 글씨의
다양한 변화를 생각해 보며 연습해 보세요.

오늘의여유

오늘의여유

▼ 체본들을 참고하여 한 가지 문구 글씨의
다양한 변화를 생각해 보며 연습해 보세요.

동백의 좋은날

동백의 좋은날

▼ 체본들을 참고하여 한 가지 문구 글씨의
다양한 변화를 생각해 보며 연습해 보세요.

소중한 일상과 행복

소소한 일상과 행복

순수한 일상과 행복

▼ 체본들을 참고하여 한 가지 문구 글씨의
다양한 변화를 생각해 보며 연습해 보세요.

언젠가
우리다시
만나는날에

언젠가
우리다시
만나는날에

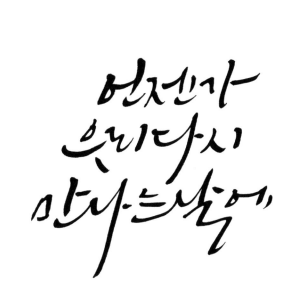

언젠가 우리다시 만나는날에,

▼ 체본들을 참고하여 한 가지 문구 글씨의
다양한 변화를 생각해 보며 연습해 보세요.

▼ 체본들을 참고하여 한 가지 문구 글씨의
다양한 변화를 생각해 보며 연습해 보세요.

▼ 체본들을 참고하여 한 가지 문구 글씨의
　다양한 변화를 생각해 보며 연습해 보세요.

▼ 체본들을 참고하여 한 가지 문구 글씨의
　다양한 변화를 생각해 보며 연습해 보세요.

▼ 체본들을 참고하여 한 가지 문구 글씨의
   다양한 변화를 생각해 보며 연습해 보세요.

▼ 체본들을 참고하여 한 가지 문구 글씨의
　다양한 변화를 생각해 보며 연습해 보세요.

▼ 체본들을 참고하여 한 가지 문구 글씨의
다양한 변화를 생각해 보며 연습해 보세요.

내딛는 발걸음만큼 꿈은 더 가까워질 거야

새로운 꽃을 피워낼 시간을 기다리며

Special Thanks to

이롭 강릉여행단 햇살 맑음 레레라패밀리

캘리그라피
그리고 시작

초판 1쇄 발행 2024. 7. 31.

지은이 조영주
펴낸이 김병호
펴낸곳 주식회사 바른북스

편집진행 황금주
디자인 배연수

등록 2019년 4월 3일 제2019-000040호
주소 서울시 성동구 연무장5길 9-16, 301호 (성수동2가, 블루스톤타워)
대표전화 070-7857-9719 | **경영지원** 02-3409-9719 | **팩스** 070-7610-9820

•바른북스는 여러분의 다양한 아이디어와 원고 투고를 설레는 마음으로 기다리고 있습니다.

이메일 barunbooks21@naver.com | **원고투고** barunbooks21@naver.com
홈페이지 www.barunbooks.com | **공식 블로그** blog.naver.com/barunbooks7
공식 포스트 post.naver.com/barunbooks7 | **페이스북** facebook.com/barunbooks7

ⓒ 조영주, 2024
ISBN 979-11-7263-075-1 03810